비켜선 너에게
안부를 묻다

인지

비켜선 너에게 안부를 묻다

1판 1쇄 인쇄 2021년 10월 25일
1판 1쇄 발행 2021년 10월 30일

발행처 도서출판 문장
발행인 이은숙

등록번호 제2015-000023호
등록일 1977년 10월 24일

서울시 강북구 덕릉로 14(수유동)
전화 02-929-9495
팩스 02-929-9496

문장 시인선 004

비켜선 너에게
안부를 묻다

김정희 시집

도서
출판 문장

오래 보고 마음에 담아도
놓치는 것이 있다
그것을 찾아가는 여행길에서
봄에 피는 야생화처럼
스치듯 잠시 만나도 오래 본 듯
쉽게 잊히어지지 않고
보고 싶어도 쉬이 만날 수 없는
너를 만나러
오늘도 길을 걷고 있다

2021년
풀벌레 소리 들리는 여름날

▶ 차례

2부

3부

4부

5부

1

초록심장이 뛰고 있다

초록심장이 뛰고 있다

너는
유월을 먹은 초록

구월을 입에 문 나뭇잎

머물 줄 모르는 너는
한나절도 안 되어 자리를 털고
더 쉬어가자는 손짓에도
대답 없이 고개 젓는다

뜨거운 사막을 건너
파란 하늘 헤엄쳐 가는
너의
초록심장이 펄떡펄떡 뛰고 있다

황화코스모스

묻지 말아요
노랗다 못해 왜 붉어지는지

나도 몰라요
눈 떠보니 내가 있었어요

강바람 부는 대로
햇살 내리는 대로 걷다 보니

붉게 타는 내가
발걸음 어렵게 떼는

그대를 기다리고 있네요

삼패동 연가

참게 거품 뱉던 찰흙 더미
꼬물꼬물 다슬기 살던 호박돌
흔적 없이 강물에 흩어지고

다채로운 색으로 물 푸는 분수
둥근돌 속삭이듯 노래하는
음악에 맞추어 너울대는 물거품

그 너머에 있었던
짝눈 뜨게 하던 반짝이는 모래밭
둥글둥글 앉아도 빛나던 조약돌

너무나 궁금했던 그들의 안부
달아나는 자동차 경적에 실려 와
빙빙 도는 물속에서 첨벙 첨벙거린다

툭 터진 감빛을 먹다

시월이 던진
툭 터진 감 하나 삼키고

무덤덤한 나를
저릿저릿하게 담은 실을 뽑아

네가 짜가는 옷감 한 폭

감빛 물방울 연붉게 풀어
손수 만드는 옷 한 벌에
꾹꾹 누른 그리움 쏟아붓고는

약속도 없이 찾아와

망설이는 내게
그 옷자락 펼치고 있다

껍데기

이번 설날
다리가 불편하여
대문 밖을 나오지 못하고
인사를 건넨 어머니
한평생 꾸려온 살림살이에
몸속 기운 다 쏟아붓고
깊게 파인 주름
문밖까지 따라와

처진 내 어깨 토닥토닥

오늘도 마주하고 있습니다

높은 산 푸른 바다
어디서 오는지
가만히
어둠을 비추는
저 달
납작한 코
실룩하던 잔주름 가득한
마른 입술이 싱긋이 웃는다
늘 가까이서
안타까운 눈 맞춤 나누던
당신

한강

너는
바라만 보아도 그냥 좋아

별이 빛나는 하늘같이
오갈 데 없는 내 마음 품어주고
가만히 지켜보며 침묵하다
때로는 거칠게 흘러가는 너를

뛰노는 아이들이
아주 오랫동안 만났으면 좋겠어

대파 체조

쪽파
양파
대파
안 아파

파 이름 외칠 때마다
위로 바짝 끌어 올려진 어깨
아래로 툭 떨어진다
삼십 나이는 어디로 도망가고
팔십 줄에 걸려있는
토라진 주름을 가진 입술
대파
안 아파
민폐 끼치기 싫다 소리치고 있다
왜 이리 오래 사는지
흐려지는 말꼬리 얼핏 새어 나고
건강이라도 해야 낯이 선다는
경로당 노치원생 앞에서
웃고 울며 굴러다니는 대파
웃음 끝에 매달린 내 눈물
봄비처럼 내리고 있다

내일로 가는 환승역

새까맣게 몰려든다
저절로 밀려 통로를 찾아가고 있다
발밑에 보이는 낭떠러지 계단
삐끗하면 나뒹굴어 떨어질 게다
무리 중 하나가 붙잡은 손을 놓고
먼저 가려 틈새를 찾아 몸을 비틀지만
앞으로 나가지 못하고
썰물처럼 빠져나가는 무리 끝에 서 있다
축축한 땀이 고인 손바닥 온기가
온몸으로 퍼져간다
지난해 전철역을 지나쳐
거리를 오가며 햄버거 하나로 하루를 보냈었다
푸른 별 찾아가는 무뚝뚝한 구두 소리
다가오는 새 열차에 올라탄다
울리는 경적이 앞으로 달려가고 있다

아프다 하지 않는다

내 맘 같지 않다 달팽이 집을 짓고
너의 아픔에 눈감고 외면하였다

차갑다 겉만 보고
거부하는 손바닥의 따스함은 보지 않았다

초콜릿 녹는 달콤함이 세상 전부인 줄 알고
고개 한번 돌리지 않았다

이제 와 외롭다 하지 않는다

거친 황무지에서 하루를 살아내려
땀에 젖은 짐을 끄는 개미 한 마리

그곳에서 가슴앓이하던 너 바로 나였으므로

쓸쓸한 그림 광화문에 걸고

별생각 없이

보채는 허기를 달래러
별일 아닌 듯
식당에 혼자 들어가고

쓰디쓴 맛에
숟가락만 들었다 놓았다 한다는
스마트폰 속에 들어온
내려앉은 목소리

나는
먼 들판에 혼자 있다

텅 빈 바람 소리 나직이 들리는

쓸쓸한 그림 하나 광화문에 걸고
내 가슴에도 걸어 놓는다

바람든 낙엽으로 귀를 달다

펑펑 내리는 함박눈 둘둘 말아
배 나온 넓적한 얼굴에 코 붙이고
둥그런 눈을 가진 눈사람 만들어
마당 한가운데 세웠다
도톰한 입술 속에 이빨 세 개 심고
바람든 낙엽으로 귀를 달았다
추위에 며칠을 보냈다
오전 내내 햇살이 내린 날
이빨 하나 빠지더니
점심이 되자 나머지 두 개
툭 떨어뜨리고 얼굴이 핼쑥하다
쏟아진 햇살에 두툼했던 허리
저녁 하늘에 젖어 오르고 있다

빌딩 숲에 첫봄이 숨었다

말간 도랑물 흘러와
미꾸라지 헤엄치던 논
누런 알곡 주렁주렁 열리고
메뚜기 뛰어다니던
그때가 팔 년 남짓

논 안에 흙이 미끄러진 날
창고 건물 버티고 서서
햇살 막아섰다

첫봄에 찾아와
잔별로 피는 냉이 꽃다지
간질거리던 풀꽃 보이지 않고
그 향기 찾아 도시에 숨어들어
꼼짝하지 않는 너의 메아리

아침마다 재잘대던 텃새의 수다
빌딩 숲에서 돌아오지 않고 있다

눈화장에 피는 꽃

푸른 옷을 입은 먹을 풀어
한지에 점 하나 찍었다
퍼져가는 물줄기 따라
나무가 자라고 숲을 이루었다
그 사이로 흐르는 냇물
어느 날
가던 길 멈추고 주위를 살펴본다
마주친 돌무더기
듬성듬성 생긴 구멍 속
물이 배설한 이끼에 앉았다
물길 남겨진 자국 끝에서 만난 너
진한 눈화장에
희미하게 먹물이 피고 있다
보일 듯 말 듯 얼룩이 아름다운 꽃
깊게 파인 내를 건너가고 있다

아름다운 점 하나

지나야 할 정류장이
몇 정거장 남은 열차
얼마 남지 않은 이야기

그렁그렁 매달린 눈물론
턱없이 부족하지요

그저 바라볼 뿐

지나온 한낮의 흔적이
여유롭게 녹아든 작은 점 하나

알고 있지요
때를 알고 기울어 가는 그대가
아름답다는 것을요

첫봄이 쏟아지는 날

가끔
어제와 다른 낯선 거리감에
뒷걸음치던 네가 문을 활짝 연다
태양과 포개져 연붉게 물드는 도시의 언덕배기
따갑게 시린 눈을 감았다 뜬다
시작할 준비를 마친 느린 걸음이
역으로 가는 길목에 접어든다
이월의 막차를 탄 겨울 끝자락 옆에 앉았다
부서지는 햇살 줄기에 줄지어 일어나는 먼지
너울너울 띠를 이루며 첫봄이 무릎에 쏟아진다
잔잔한 노래가 퍼지고
펌프질하는 강물에 물비늘이 튀어 오른다
같은 곳을 왕복하는 네가 탄 기차
모든 문을 열었다
하나둘 움직이는 하얀 손
느릿느릿 강렬한 춤을 추고 있다

2

커피 한잔 마시는 아침이 출렁거린다

커피 한잔 마시는 아침이 출렁거린다

별이 찾아온 까만 밤
기다릴 네가 있어
출입구 전등이 잠을 미루고 있다

거실 불빛이 밤새 새어나도록
기다려 주는 네가 있어
넘어진 펄에서
진흙을 털고 다시 일어선다

먼 집에 혼자 있어도
돌아올 네가 있어
눈뜨는 외로움 달랠 수 있다

커피 한잔 마시는 아침이 출렁거린다

해 질 녘
가로등 켜주는 네가 있어서

그대 어서 오세요

약속하였지만
그렇게 하기로 했었나 한다
타인과 관련된 것은 멀리 두고
기억하고 싶은 것만 간직한다
내려놓았던 아쉬움이 스멀거리며
가슴을 밀어낸다

스스로 만든 상처 보지 않고
고개 돌리는 모습 바라보며
달아나려는 마음 막아선다

따뜻한 눈빛 감도는 작은 카페
두꺼운 외투 벗고 앉아
구수한 커피 향 모락모락 피어
끝에 닿으면
포근히 내리는 함박눈에
잇몸 드러내며 환한 아이가 되는
네가 보고 싶다

가로등 꺼진 푸른 바다로 가는 너

파도가 출렁이는 침대
웅크리고 누워있던 네가

하얀 하늘로 뻗어가던 긴 기지개 접고
멀리 뛰기를 위해 닫았던 문을 연다

취업 준비 3년 차
자리 털고 일어나길 수십 번
꿈을 조금씩 갉아내어 쓴 이력서 수백 통
온라인 거미줄에 걸고
식어가던 가슴에 불을 지핀다

구부린 등을 천천히 펴고 있다
가로등 꺼진 푸른 바다에서

푸른 별이 너에게

너무 한다고 하지 말아요
참고 참았다
폭풍 눈물 쏟았지요

원망하지도 말아요
침방울 타들어 가는 더위에
숨쉬기 힘들어
더는 참을 수 없었어요

다른 건 바라지도 않아요
그저 히말라야산맥 위로 펼쳐진
붉은 용광로 그물에 걸린 나를
예전의 푸른 별로 돌아가게 해줘요

더는 슬프게 울고 싶지 않아요

감기에 걸린 날이 저물고 있다

식당 앞을 지나치는 경적의 외침도
들리지 않는
펄펄 끓는 콩나물국밥 두 그릇
남자가 한술 뜨자
조심하라는 맞은 편 여자 목소리
국밥 속으로 떨어진다
알아보았냐 하는 흐려지는 말꼬리
말없이 고개 숙이는 여자
식기 전에 먹으라는 남자의 눈길이
한동안 이어지자
여자가 숟가락을 든다
마감이 내일이라고 중얼거리는
종일 속이 텅 빈 날이
감기에 걸려
멈추지 않는 기침을 하고 있다

딸꾹질

시간을 속이고
거짓말을 훔쳐 먹고
딸꾹딸꾹

멈추지 않는 딸꾹질
우르르 쾅
냅다 지르는 천둥 고함에

뚝

빈집에 활짝 핀 그 꽃

어미 달팽이에게 한 잎 다른 잎으론 애벌레 품고
아물지 않은 상처 그대로 꽃을 피운 장다리꽃

달려든 벌떼 꿀 따간 뒤 꽃 지는 날 찾아오면
위로 없는 아픔 발끝까지

풋내 나는 여린 알맹이 가슴 시리게 하는 누런 깍지
차마 외면할 수 없어 다 내어주고 남은 빈 주머니

걸어온 그 길에 분명 어여쁜 꽃 있었지만
자식꽃 부모꽃에 가려져 잘 보이지 않던 수수한 꽃

가는 허리 헐렁한 그 꽃 빈집에 활짝 피어 있다

껍데기 2

버스 정류장에서 이십 년 넘게
안식처가 되어 준 나무 한 그루
오래도록 몸을 보호하던
껍질 스스로 털어내고
속살 드러내고 있다

늙어서 그렇다 하고
기운 잃어서라 하고
버스 바람에 뒹굴뒹굴
밀려가는 껍데기

회색보단 검은빛이 도는
부서진 껍질 조각
보도블록 틈새 비집고
흙 위에 내려앉아
보라색 제비꽃 피우고 있다

흰 제비꽃

상여 소리꾼이 부르는
구슬픈 소리
꽃상여에 내려앉고
내 일도 아니고 남 일인데
상여 따르던 나는
흰 손수건 눈에서 떼지 못한다

슬픔 뒤쫓던
꽃상여 보이지 않고
검은 리무진 꽃을 두르고 있다
북적이던 말소리 사라진 곳
젊은 어머니 닮은 흰 제비꽃
얼굴 숙이고 피어 있다

첫봄에 피는 별

물류센터 주차장 입구
금이 간 시멘트 틈새
희뿌연 먼지 덮어쓰고
피어난 하얀 냉이꽃

내 손바닥에 내린
보일 듯 말 듯 한
첫봄에 피는 별
하얀 냉이꽃

가만히
허리 숙여야 보이는
봄이 흘린 눈물
하얀 냉이꽃

순한 풀꽃이
흔적 없이 사라질까
온몸으로 울고 있는
하얀 냉이꽃

날개에 쏟아지는 햇살

컴퓨터 게임 속을 나와
기름기 빠진 눈꺼풀을 닫는다

식구들 목소리 옹알이로 들리고
아침을 깨우는 알람 벨이 울린다
문자로 날아온 면접 날짜
번쩍 뜨는 눈 안심시키고 자리를 턴다
식탁에 놓인 만원 두 장 지갑에 넣고
식구들이 빠져나간 집을 나선다

얼음판에서 미끄럼타던 하고 싶은 일이
세상을 향해 긴 호흡을 날린다
펑펑 쏟아지는 눈발을 덮으며
다가오는 햇살
움츠러진 날개에 쏟아지고 있다

껍데기 3

발끝에 부딪혀
부서지는 가로수 껍질
가지고 있던 모든 것 털어내고
대구루 굴러 마른 몸 적시는
빈 껍질

부석부석 남겨진 몸뚱이
담담히 걸어가 길 끝에 서 있다
저기 앞에 출렁이는
푸른 바다

산다는 것

새벽이슬에 눈을 틔어

가장 예쁘게 활짝 피운 꽃

기껍게 저녁을 맞이한다

마른 가지에 핀 눈꽃

새싹으로 피어나
초록 가득한 거리 치열하게 거닐다
짙게 물들어가는 단풍 숲에 서 있다

누런 줄무늬 늘어나는 손등에
따갑게 파고드는 햇살
밉지 않은 주름 고스란히 쌓여
한 겹이 두 겹 되고 세 겹 되었다
그 자리에 녹아있는 어제가
마른 가지에 눈꽃으로 피어나
잔잔하게 빛나고 있다

첫봄 날숨이 새로이 찾아온
늦겨울 강물에
봄꽃처럼 눈부시게 깨어나는 물비늘
숨 막히게 튀어 오르고 있다

겨울비가 아니어서 여름눈이 아니어서

입 다문 네가
펄펄 내리는 눈발로
흐린 하늘 아래 서서
머물 곳을 잃었다

그래도
겨울비가 아니어서
여름눈이 아니어서

그만 아파하길

함께 걷다 보면
오늘이
헛눈물이 아니었음을
알아차리고

소리쳐 올 때 있으므로

내일로 가는 별이 뜨고 있다

조금씩 느려지는
시간에 쫓긴 바쁜 걸음
면접실 질문과 마주 보고 있다
등허리로 흐르는 땀
조용히 속옷에 스며든다
사무실 천장을 돌아
창문 밖 공기를 찾던
다시 만나길 바란다며
따라오는 건조한 목소리
얇은 명함 속에 집어넣는다
파도에 밀려 다시 돌아온 섬
늘어선 등대마다
하나둘 불 밝히는 가로등
너의 눈동자 속에서 빛나는 잔별
내일로 가는 발길에 쏟아지고 있다

3

다 놓고 웃었더라면

미처 몰라 더 그리운

입이 떨어지고 나서야 보이는
가지 끝에 매달려 있는 작은 둥지

늙은 어미 새가 토했던 울음
첫 알을 낳고서야
어린 어미 새는 비로소 알아채고
빈 둥지 떠나지 못하고 있다

늘 마주하면서도 눈치채지 못했던
늦가을보다 붉은 눈물이
그대로 흘러내리고 있다

마른 꽃

순한 눈
가볍게 뜨지 않고

여린 마음 무겁지 않게
피고 지고 또 피고 지다

어느 날
그윽한 향기 풍기며

소리 없이 떠나는
너 그리고 나

작은 북이 울다

그저 바라보던
티브이 속 그림자 찾기에서
마음을 깨우는 속말이 속삭인다
저게 뭐지

태어날 때부터 걸을 수 없던
자식의 일부가 되어
발길 맞추어 걷고 있는 화면 속
어느 중년 부부의 잔잔한 웃음에
모르는 미소가 슬며시 다가오고

자극적인 것에 물들어
순한 것에 반응하지 않던
심장에 작은 북이 울린다
붉어지는 눈동자에 퍼지는 이슬이
눈짓 손짓에 매달려 펄럭이고 있다

가슴 한편 열어준 것이 그대로

녹음마저 털어내고
뜨거운 시간을 견디어 온
등이 굽은 바싹 마른 네가
앉은 자리에서 움직이지 않는다

어떤 것에 눌렸는지
구멍이 숭숭 뚫려 있다
애벌레에 한 귀퉁이 내주고
바람 편하게 지나가라
가슴 한구석 열어 놓은 것이
그대로 늙어버린

몸을 일으켜 비탈을 굴러간다

흔들리는 참새 발목으로
감당했을 무게는 잊어버리고
내 마음 헤아리다 벌집이 된 네가
눈부신 바람개비 날리고 있다

너를 마주 보다

아파하는 너와 손잡고
천천히 걸을 준비 하지 않았다

게 눈 감추듯 먹던 떡볶이

더 먹으려 젓가락 싸움하던 분식집

꽈당 넘어진 네가
멋쩍게 웃던 웃음소리
굵은 모래 뿌린 빙판길에 번지면
같이 배 잡고 자지러지는 모습
찰칵 담아내던 스마트폰

따뜻한 그 기억 저 멀리 두고
마주 보는 것 잠시 잊었었다

눈사람

수천 날을 걷고 걸어도
가슴 펼치며 껄껄대고
궂은 날 만나도
반갑다던 그 사람

긴 수염 말끔히 깎고 서서
대문 앞 한겨울을
온몸으로 견디며
펑펑 쏟아지는 눈 속에서

망부석이 되었다

복순이

우리 식구 중 막내

십여 년을 변함없이 반겨주는 복순이

복잡한 마음 털어내지 못하고
터벅터벅 걷는 발걸음
제일 먼저 알고 달려온다

꼬리치며 시끄러운 내 속 달래주고
살가운 목소리로 네 마음 알아주고

복순아 부르며 멍멍 짖으며

함께 나이 들어가는 우리

외상

여덟 살 때 자주 들고 다니던
찌그러진 양은 주전자
아버진 내 손에 들려
막걸리 받으러 보냈다

가게 앞을 서성거리면
영일엄마는 주전자 뚜껑이 닿도록
막걸리를 가득 채워주었다

모난 자갈 깔린 철둑길 조심조심 건너
질금질금 흘리며 집에 도착하면
반 주전자쯤 남은 막걸리

죽기보다 싫었던 외상술 심부름

그러나 지금은 간이 부어
외상으로 소주뿐 아니라 고급 양주에
비싼 열대과일 안주로 시켜놓고 껄껄거린다

엄마 앞치마

기찻길 따라 달리고
소독차 꽁무니 쫓아 뛰고
뽀얀 먼지로 분칠하며
까르르

물비늘 반짝이는 강물에
뛰어드는 벌거숭이
가만히 품어 꿀잠 재우던
엄마 냄새나는 작은 이불

네 살 아들 손에서
잠든 내 앞치마
살며시 일어나
아이 등 토닥토닥

오늘 만난 첫 친구

긴 장마 끝 잠자리 나는 아침
경의중앙선 전철에 몸을 싣고
출근길에 오른 사람들과
어깨를 맞대고 있다

숨어다니는 전철을 따라
회기역까지 따라와 준
차창 너머로 빛나는 아침 햇살

든든한 너를 믿고 사막에 사는
고래 배속에 지은 도시
그곳의 입구를 찾아 일어서는
내 등 뒤에 네가 서 있다

삼패동 연가 2

톱니바퀴 도는 굉음에
동네 꼬마들 강을 향해 달렸다
처음 본 집보다 큰 배
자갈 모래 퍼 올려
더 큰 배에 실었고
놀란 눈을 떼지 못했던
그때

마음껏 뛰어놀던
모래밭 자갈밭에
마지막 앉는 날인 줄 모르고
소용돌이치는
강물만 바라보고 있었다

중앙선

동네 앞 중앙선 철로
달리는 기차 매일 바라보며
손 흔들던 현순이와 나

청량리 출발 부산 가는 기차에서
찐 계란에 사이다
꼭 먹자며 손가락 걸었다

앞서가던 내 눈길 멈춘
봄볕 아른거리는 중앙선
기차는 달리고 또 달리는데

오늘도
지키지 못한 그 약속
덕소역 뱅뱅 돌고 있다

나란히 걸어주는 사람

말하지 않아도
눈길 마주치면 마음 보이는
그런 사람 있었기에

한 치 앞이 보이지 않았던
진눈깨비 거리를
멈춤 모르던 궂은비 계절을
지나갈 수 있었다

피는 해처럼 지는 해처럼
한 발 한 발 발맞춰 걸으며
까만 밤 깨우는 별들의 축제
나란히 바라보고 있다

너의 봄날이 간다

별빛이 깊어진 봄볕이 피운 꽃송이
작은 화분에 옮겨진 흰 제비꽃
내 손길 분주하게 만들고

늦잠에서 깨어난 나비 한 쌍
바람 눈짓에 팔락거리고 있다

지난해 떨어진 무씨가 피워낸 장다리꽃
찾아든 꿀벌에게 한 모금 축이게 하는
봄날이 가고 있다

익어가는 것이 아름다운 여름을 위하여

나누는 것이 더 어여쁜 가을을 향하여

연두 머금은 모래시계 속도를 내고 있다

옹이

오래전에 생긴 상처가
단단하게 아물어
매달린 내 얼굴만 한 혹
당당히 드러내며
오대산 계곡 지키는
나무 한 그루

마디마다 울퉁불퉁
굳은살 달라붙은
손가락 혹
나무와 나란한
아버지 짝짝이 손
뻥 뚫린 가슴 가리고 있다

다 놓고 웃었더라면

그랬다
눈인사 보내고 있었지만
너를 보지 못하는 것에
넘치는 슬픔이 허우적거렸다

그때는
끝내 잡지 못한 메마른 꽃잎이
아스팔트에 쓰러진
심장을 갉아 먹는 줄 몰랐다

먼저
다 놓고 웃었더라면
오늘 아침이 인사 건네며
방긋거렸을 것을

4

녹지 못하는 고드름 킴을 아시나요

녹지 못하는 고드름 킴을 아시나요

사할린에서 떠오른 태양이
잠시 침묵하는 하바롭스크 명예광장
꺼지지 않는 불꽃이 타오르고 있다

수많은 이름이 새겨진 검은 추모비
여러 이름 중에 낯익은 킴(KNM)
누구인지 알 수 없는 쓰다만 이름 앞에서
발길 붙잡는 누군가 내 어깨에 손을 얹는다

나라를 잃고 먼 타국 전장에서
몰래 울다 녹지 못하는 고드름이 된 사람
온전한 이름은 온데간데없고
위령탑에 성씨 글자만 덩그러니 남아
스치는 발자국에 귀 기울이고 있다

긴 아무르강*을 마주 보는 하늘은 너무나 푸른데
이름을 잃고 고국으로 떠나지 못한 사람

뭉게구름에 실려 올까
고향 바람이 품어 올까

하바롭스크 하늘을 돌고 돌며 나머지 이름 기다리고 있다

* 아무르강(흑룡강): 러시아와 중국의 국경 부근을 흐르는 강. 몽골 북부의
오논강에서 나와 동쪽으로 흘러 타타르 해협으로 들어간다.

못난이

소낙구름 털어 낸
하늘은

시원하다 시원하다

너를 뿌리친
나는

아쉽다 아쉽다

듣고 싶은 노래

참 오랜만이다

맹꽁맹꽁
돌아온 것이 반가워
밤새 듣고 또 듣고

이제는
콘크리트 창고 즐비한 곳
아주 작은 웅덩이를
고향이라 찾아와
맹꽁맹꽁 맹꽁맹꽁

지루한 장마에
모처럼 듣고 싶었던 노래
오래오래 듣고 싶은
그리운 멜로디가 울려 퍼진다
맹꽁맹꽁
맹꽁맹꽁

얼룩 돋보기

이제 갓 사십인데
아직은 아니다 속으로 되뇌며
안경원을 나왔다

버리지 못해 십 년 이상
방구석에서 뒹굴던 얼룩 돋보기

한참을 지켜보다 코에 걸었다
나보다 나이든 돋보기를

유월의 강물 앞에서

빗방울에
몸을 움츠리는 강물
발 담그고 있던 초록이
흔들리는 강물을 다독인다

비워낸 말간 하늘과
초록 입은 유월을
끌어 앉고
가만히 흘러가는 강물

녹아드는 것에
익숙지 않은 내가 서 있다

닮아가며 어우러지는
강물 앞에

여름 영화 한 편

반짝거리는 따사한 날이다
단비 흠뻑 머금은 연둣빛 오월이 가면
어떤 풍경이 담길까

검푸름이 짙어갈 즘
논둑에서 굽은 허리 펴고
하늘 쳐다보며 땀 닦던 밀짚모자

검게 그을린 어깨 토닥거리던 작은 주먹

퇴근길에 따라와 버스 차창에 머물고
그 여름에 찍은 필름 조각 가로등마다 걸며
빠른 영사기는 느리게 돌아가고 있다

진달래

부는 바람에 설레는 가슴 열고

기지개 켜는 내 옆에 가만히 앉아

발그레한 입술로 봄이야 봄이야

수줍게 속삭이는 이쁘고 예쁜 너

조금 늦게 가도 좋아

한낮을 달구던 해가
서녘으로 돌아간다
그래도 서둘러 가지 말고
잠깐만 서성이다 가시길

오늘이 아니어도 되니
잔잔한 물결이 이는 마음으로
보고 싶을 땐 멈추어 서고

문득 가슴에 허기가 짐을 풀면
뜨겁게 펄떡이는 시장 길목
그곳에 머물다 천천히 가시길

고슴도치

자동차 밀려드는 거리
버스 정류장
아무 소리 들리지 않는다

늘 다니는 골목길에서도
몸을 돌돌 말아 가시를 세우고
마주친 익숙한 목소리 앞에서
마음에 가두었던
말할 수 없는 눈물 쏟아낸다

먼 이별에 아파하던 네가
서럽게 말았던 몸을 풀어
날 선 가시 아래로 누이고
오므렸던 가슴을 쭉 편다

지나온 길 되돌아 한참을 서 있다
집으로 가는 버스에 오르고 있다

때로는 연둣빛으로 오고

너만의 모습을 고집하지 않고
작은 길을 만나면 몸집을 줄인다

바다에서는 넉넉하게 생명을 품고
가끔은 메마른 가슴 다독다독 두드려
눈물 고이게 하고

어느 날 간질거리는 연둣빛 새싹으로
풀밭에서 뒹구는 낙엽으로

정글을 떠도는 내 발길 잡아
초록 미소 짓게 하는 산들바람으로 온다

봄은

함박눈 포대기 삼아 한겨울 나고

풀잎 울음소리 먼저 귀 기울여 듣고

따뜻한 봄볕에 곱게 피는
냉이꽃 마냥

잔잔한 꽃이 수줍게 피면

늘 가까이 있어도 알아차리지 못하는
너에게

깊숙이 몸을 포개고 있다

물드는 감잎 한 장

예전엔 그랬다 한다
아들 바라던 부모님은 서운타 하고
먹고살기 힘들다 입하나 덜자
일찍이 시작한 시집살이에
광목 옷고름은 콧물 자국 빳빳하게
날을 세우고 울었다
까막눈이 알려질까
아이들 숙제는 바쁘다는 핑계로 멀리하고
심술보 눈비에도 생선 광주리를 이고
이집 저집 찾는 떠돌이였다
자식을 여의고 나서야
이름 석 자 깨치고 나서야
응어리진 가슴도 울었다
앞마당에 서서 육십여 년을
함께 물드는 감나무
제 이름도 써보라며
바람에 물들어가는 잎 한 장 내어준다

그리 오래지 않은 풍경

찾아갈 데는 한 곳인데
거미줄 지하철 노선
이쪽 끝에서 저쪽 끝으로
커지는 눈망울 한참을 서성인다

복정역에서 탄 8호선
잠실에 내려 2호선으로
왕십리역을 지나는
경의중앙선에 몸을 실었다

시간은 날 잡지 않고
함께 움직이며 발길을 맞추고 있다
지나는 역마다 숨바꼭질 반복하다
숨 고르며 도착한 팔당역
말끔히 화장하고 서 있다

낯선 듯 낯설지 않은 이곳에서
애호박 늙은 호박 주렁주렁 어우러진
오래되지 않은 풍경 찾아가고 있다

네가 부르는 노래

하늘이 울고 있다

마르지 않는 눈물이 가슴을 타고
뱃속 깊숙이 흘러가 내리쏟는다

다 품을 수 없는 아픔에 몸부림치는 강물
끊어지지 않는 슬픔에 쉼 없이 퍼붓는 너를
그대로 받아주고 있다

스마트폰 수신 벨이 부르는 오래된 노래에
왜 눈물이 나는지 참으로 모를 일이다

황톳빛 통곡하는 물줄기 따라
목이 멘 스마트폰 너머에서 흐르는 너의 노래

깊은 바다 계곡으로 배를 띄우고 있다

싸리나무

가로수 뒤에 서서 꽃을 피운 싸리나무
너무도 조용히 서 있다

한때는 정겨운 우리 집 대문이었고
겨울 눈꽃 피는 울타리였다

숨 막히는 복더위 뚫고
잎 사이 가는 줄기마다 꽃을 피운
여리고 여린 싸리나무

어린 손에 맞게 아버지가 만든
장난감 싸리 빗자루
온종일 쓸고 쓸어 이마가 벗겨진 마당
환하게 스쳐 간다

일주일도 채 남지 않은 8월과 호흡 맞추며
진분홍으로 물들어가는 그 모습
오늘에야 보고 있다

비켜선 너에게 안부를 묻다

눈도 뜨기 전에
스마트폰이 날개를 펼친다
우아하게 차려진 먹을 수 없는 음식
그림이라 해도 믿을 법한 풍경
인생 사진이 활보 치는 스마트폰 세상에서
깃발을 흔든다

거기는 괜찮냐고
내게 안부를 묻는다
부스스한 머리 잡아 누이고
눈곱을 단 눈꺼풀이 창을 뚫고 온
햇살과 치열한 눈싸움을 하고 있다
오늘은 어떤 것을 스마트폰에
보고할까

석고를 뒤집어쓴 왼발을
아니 며칠 전 도착한 택배에 들어 있던
친구가 보내온 소설책 한 권
1984
그것이 지은 거대한 방에서 멈춰 선 공기
비닐봉지 아니 스마트폰에 넘길지 망설인다
빛줄기 내리는 창백한 우유 속에서
막 피어나는 시리얼 꽃잎
키패드 신호에 스며들고 있다

5

바래길

그저 옆에만 있어도

눈부신 폭포로 빌딩 숲 창가에
쏟아져 내리는 너에게

가만히 다가와
따뜻한 눈빛 건네는 뭉게구름
그 곁에
말없이 서 있는 너처럼

그저 옆에만 있어도 힘이 되는
너와
뒤서거니 앞서거니 걷고 있다

파란 잎 올리는 벚나무 앞에서

오는 때를 어찌 알고
단비 오는 때에 맞추어
마른 땅이 몸을 풀고
말없이 꽃을 피운다

갈 때를 또 어찌 알고
꽃잎 내리고
파란 잎 올리는
저 벚나무 앞에서

오가는 때 모르는 내 앞에서

올 때처럼 갈 때를 아는 네가
묵언 수행을 하고 있다

삼월이 타고 있다

편하다고 좋아하던 나의 이기심에 화가 나
터져버린 심장

내가 싼 오물이 하늘을 덮고 있다

태양이 사라지고 빛을 잃은 별이 울고 있다

여기저기서 바다 건너서
스멀스멀 밀려와 산과 강을 도시를 삼킨다

시꺼먼 먼지 펄펄 끓는 용광로에서
이천일 구가 뻗은 가지에
막 이삿짐을 풀은 삼월

그 어떤 봄날이 까맣게 타고 있다

밥상에 봄꽃이 피었다

품속 파고드는 늦겨울 바람으로
가지마다 향기를 촘촘히 새기는
홍매화
그 바람결에
하얀 냉이꽃이
초록 쑥이
소낙눈 타고 날아와
온몸으로 봄을 쏟아내고 있다

무심하게 꿈틀대는 밥알
밥상에 핀 꽃다지와 입맞춤하는 저녁
여울을 건너온 너도
던져진 봄 한 송이 주워 먹고 있다

닭이 울고 달이 진다

말복 전에 뿌린 김장 배추씨
싹을 피우고
밤하늘에도 파란 별이 피었다

새벽닭이 울고
새벽달이 지고 있다

어제부터 기다리던 소식
후두둑 떨어지는 빗방울이 데려올까
열어 놓은 문밖에서 기다리고 있다

불어오는 바람 타고

수선을 마치고 비스듬히 걸려있는
소매가 짧아진 외투
구멍을 메운 청바지
여러 목소리에 따라온 문밖 소식
디지털 시계에 앉아 깜박이고 있다

멈추는 것을 배운 적 없는 오늘이
서쪽에서 불어오는 바람 타고
재봉틀에 시간을 입히고 있다
수선집 부부 손바닥에 굳은살 덧대며
살림살이 오늘을 꾸려가고 있다

봄 한 송이 물었다

바람 향기 품은 목련이
가지마다 꽃향기 피웠다

마른 풀 피는 마음에도
노란 꽃다지가 피었다

보기만 해도 설레는
봄 한 송이

바위산 넘어온 너도
향기가 새어날까

조심조심 가슴에 물고 있다

너의 눈물이 달려갈 때

새벽부터 즐비하게 서서
최선의 방어막 기다리는
휘고 늘어진 마른 척추

허공을 걷고 있던 흰 구름도
멈춘 그 자리 떠날 줄 모르고
빈손으로 돌아서는 발길 잡고 있다

길게 뻗은 팔을 흔들며
멀리 뛰기를 하던 심장이
한달음으로 달려가고 있다

먼 곳부터 모여든 붉은 눈물
마른 흙 날리는
회색 거리 적시고 있다

거울

휘몰던 흙탕물 흘러가고
고요하게 앉은 맑은 물
마주 보고 있다
물아래 비친 세모
물에 뜬 네모
그 안에 둥그런 세상

너도 봄비에 마음 올려놔

어루만지는 봄비에 몸을 맡긴
목말랐던 흙
단잠에 빠져들고 있다

딩동 스마트폰 문자가 싣고 온
안부 인사
널 닮은 이모티콘이 싱긋거린다
떨리는 손끝에 자음 모음 담아 보내고
나도 모르게 따라 웃었다

멍든 가슴이 고개 숙인다
고마워 너도 봄비에 마음 올려놔

빙수

엄마 이런 빙수 먹어 봤어
인절미 빙수야
사각거리는 얼음 조각 위에
각설탕 모양 인절미와 볶은 콩가루
붉은 단팥이 올려져 있다
달콤함이 입안 가득 퍼지며
뒷머리는 하늘로 솟고
두 눈은 뜨지도 못하고 웃는다
투박한 기계로 갈아낸 얼음
그 위에 단팥 듬뿍 얹어
시장에서 엄마랑 먹던 빙수
몇 숟가락 먹지도 않고 배부르다며
유리그릇 내 앞으로 밀던 울 엄마
내가 좋아할 것 같다며
아들이 사준 인절미 빙수
울 엄마도 좋아할 텐데

하루살이

어기지 않고 돌아오는
땅거미 짙게 내린 도시
바쁜 한낮을 돌려보내고
밤이 옆으로 눕는다

발바닥 굳은살 더하며
종일 파닥대던 하루
점심때 먹은 고등어찜
잔가시 걸린 목이
쉰 소리를 내고 있다

바쁘게 날던 오늘이
어김없이 날개를 펼치며
불빛 속으로 날아들고 있다

짬뽕에 빠진 새우

뜨거운 매연 모락모락
시뻘건 네온사인 고춧가루
듬뿍 뿌리고
커피 양념 더한 전철로 뽑은 면발에
택시 단무지
먹음직스러운 짬뽕 한 그릇
서걱대는 누런 돈맛 나는 양파
잘 섞어 목에 기쁨을 준다
능숙한 젓가락질에도
싱싱한 새우 한 마리 보이지 않고
가는 수염만 국물에 떠오르고 있다

봄볕에 마음 포개어 너에게

나는 여기
너는 저기

떨어진 거리 보이지 않게
주름 간 미간 감추고
활짝 피어나는 함박꽃

나비가 날고
벌이 자유롭게 넘나드는
보통 세상에서

수줍음 그대로
여유롭게 피고 지는 일상의 꽃
봄볕으로 묶어

긴 목 길게 내밀고
문 앞에서 기다리던 네 가슴에
내 마음 포개어 펼쳐놓는다

사기리

늦겨울 하늘이
잠시 숨 고르는 바람의 노래
나도 모르게 듣고 있던 풍경소리
끝자락에 닿은 마니산 입구 작은 식당
펄펄 끓는 구수한 된장찌개
마음 까지 뜨끈하게 데워준다
봄 여름 터널을 지나
늦은 가을 다리 건너며 삭힌
식혜 한 잔 은반 위에 내어놓고
함박꽃
말간 가슴이 허허 웃고 있다

바래길

우리 마을에도 바래길 있었더랬지

경동시장에 내다 팔 산나물 들깻잎
머리에 인 어머니
첫차 타러 비탈길 걸어가던 길이었지

자갈 튀는
버스 길에 다다르면 숨이 턱에 차올라
한동안 말을 할 수 없었지

돌아올 때는 내가 좋아하는
물오징어 서너 마리 간 고등어 한 손
흰색 운동화 든 보자기 가방 있었지

수없이 다니던 바래길에서
뼈마디 툭툭 튀어나온 다리에 기댄 어머니
오래도록 서 있었지

우리 마을에도 파도치는 삶 속으로
새벽 별 따러 가는 바래길 있었더랬지

발문

나호열 (시인·문화평론가)

화해와 소통으로 가는 서정抒情의 길

나호열(시인 · 문화평론가)

시인의 길

예술가의 재능이 천부적天賦的이라는 주장은, 범인凡人이 미처 가 닿지 못한 상상의 세계를 펼쳐 보일 때 예술의 위의威儀가 빛나는 것 이라는 말과 뜻이 닿는다. 그러나 오늘날 예술의 정의는 문화의 발전 에 따라 다양하게 확장되고 있다. 혼성모방이라 일컬어지는 장르 간 의 혼융, 더 나아가서 창작자의 경계 또한 모호해지고 있는 것이다. 말하자면 예술의 가치 기준을 어디에 두느냐에 따라 향수享受의 경 중을 따질 수 없는 시대가 도래했다고 볼 수 있는 것이다. 이렇게 볼 때, '다시 보고 마음에 닿아도 놓치는 것이 있다, 그것을 찾아가는 여 행길'이라고 자신의 시 쓰기를 피력한 김정희 시인의 말은 굳이 상상 력에 기반한 독특하고 강열한 창조가 아니더라도 얼마든지 예술적 가 치를 지닐 수 있다는 뜻으로 받아들여진다.

『너는 봄꽃이다』(2015), 『고래에게 말을 걸다』(2017), 『혼자가 아니 라서 더 예쁘다』(2019)에 이어 내놓는 이번 시집 『비켜선 너에게 안부 를 묻다』에 이르기까지의 여정은 에둘러 인식의 변화나 자기 쇄신의 방도를 찾고자 함이 아니라 오히려 시시각각 다가오는 일상의 신고辛 苦를 꿋꿋한 심성心性으로 순화시키려는 시도로서 그 의미를 갖는다 고 볼 수 있는 것이다.

김정희 시인의 각각의 시집의 표제에서 뽑아 본 '봄꽃', '고래', '혼자가 아님', '비켜선 너'에서 추출할 수 있는 희망(봄꽃)과 자유(고래), 어울림(혼자가 아님과 비켜선 너)에 대한 관념은 그 관념들을 현실화하기 위한 정언명령定言命令, 즉 비켜선 너에게 '예쁘다'라고 말을 걸고, 그 무엇에든 안부를 묻는 적극적 행위로 자신을 이끌어가는 것임을 알 수 있는 것이다.

김정희 시인이 꿈꾸는 시는 이렇듯 일상을 벗어난 특별한 상상의 세계에 도달하는 것도 아니며, 언어의 조탁彫琢을 통한 미학적 성취를 위한 것이 아니라 자신 앞에 다가온 변화의 일상 속에서 함몰되기 쉬운 서정을 잃지 않으려는 안간 힘일지도 모르겠다. 그러므로 회사후소繪事後素의 속뜻이 김정희 시인에게 있어서는 타고난 순수한 품성이 각박한 현실에 굴복하지 않고 훼손되지 않게 하려는 의지의 표명으로 읽힌다. 즉, 등단한 이후 활발하게 전개된 시인의 시작詩作은 시의에 연연하지 않고 자신만의 시관詩觀을 견지하는 일관성을 보여주고 있는 것이다.

어느 시인은 시류에 민감하게 반응하면서 자신의 삶에 천착하지 못하는 현란한 시풍詩風에 휩싸이고, 타인들의 세평에 귀를 기울인다. 그러다보면 알게 모르게 시를 쓰기 위해 존재해야만 하는 허수아비의 함정에 빠진다. 어쨌든 분명한 것은 시는 표현의 도구이며, 시인(인간일반)이 살아 있음을 확인하는 결과물이라는 점이다.

이렇듯, 주체가 사라진 시는 사탕처럼 달콤하기는 하나 시인의 정체성이나 삶의 진정성을 구현하지 못하는 껍데기만이 남게 된다. 이런 점에서 김정희 시인은 시를 통해 부조리하고 헤쳐 나가기 힘든 삶에 구호口號를 앞세워 사납게 맞서는 것도 아니고, 또한 달관으로 오해하기 쉬운 체념으로 미화하는 것도 아닌 극기의 세계를 보여주고 있는 것이다. 이와 같은 평가는 지금까지 펴낸 시집들을 관통하는 것이어서 전혀 새로운 언급이 아니다.

글쓰기는 말 걸기이다

'글쓰기는 말 걸기이다'라는 이 명제는 이문재 시인이 시 쓰기를 풀이한 글의 제목이다. 시인은 시가 왜 필요한가에 대해서 다음과 같이 말한다.

나는 '마지막 개인'으로서의 나를 확인하고 그걸 증명하기 위해서 시(쓰기)가 필요하다. 시(쓰기)를 벗어나는 순간 나는 단독자가 아니다. 완전한 포로다. 나는 이 거대 도시가 요구하는 온갖 제도와 가치로부터 이탈해 자립, 자존, 자족 할 수 없다. 나는 이 반인간적인 문명과 팽팽한 긴장 관계를 유지하기 위해 다시 말해 늘 깨어 있기 위해 시(쓰기)를 필요로 한다.

– 「글쓰기는 말 걸기이다」 일부 발췌

위와 같은 언명은 시를 쓰는 우리들에게 많은 생각할 거리를 준다. 사회적 동물로서의 '나'는 제도와 가치로부터 결코 자유스러울 수 없다. 이 제도와 가치가 주는 올가미에 걸려들지 않기 위해서 즉, 무애 無碍의 자유를 누리기 위해서 시를 쓴다는 일은 의미 있는 일이다. 그러나 동시에 단독자로서의 '나'는 자유– 존재에 대한 완고한 신념– 를 획득하는 대신 어찌 할 수 없는 또다른 고독이라는 포로에 갇힐 수도 있다.

이 지점에서 김정희 시인은 '혼자가 아닌 여럿'(『혼자가 아니라서 더 예쁘다』참조)을 향해 가고자 열망하는 시인이다. 그래서 김정희 시인은 자신의 완강한 자아를 추구하기 보다는 자신 앞에 놓여진 사람, 사물, 현상– 이를테면 계절로 말미암은 감상 등– 에 말을 거는 것이다.

서정抒情은 나를 둘러싼 세계와의 대화에서 출발한다. 시인에게 시를 불러일으키는 대상은 언제나 1:1로 시인의 자아와 대응한다. 말하자면 시인에게 '마음에 닿아도 놓치는' 무심한 대상들은 시인 자신을 되비춰 주는 거울인 셈이다.

　　휘몰던 흙탕물 흘러가고
　　고요하게 앉은 맑은 물
　　마주 보고 있다
　　물 아래 비친 세모
　　물에 뜬 네모
　　그 안에 둥그런 세상

　　　　　　　　　　　　　　　　　　　　　　　－「거울」전문

　　세파에 시달린 자아는 흙탕물과 같다. 바로 그 때, 시인이 시를 쓰기 시작할 때 '세모'가 표징하는 날카로움과 '네모'가 주는 규격화된 삶은 비로소 둥글게 보여지기 시작한다. 그리하여 시인에게 다가오는 이 세계의 온갖 자연물과 사건은 자아를 비추는 거울인 동시에, 거울에 비친 자아를 세모도 아니며 네모도 아닌 원융圓融으로 둥글어지게 만드는 수련修練의 장소가 되는 것이다. 그러나 그 수련은 기쁠 수만은 없다. 젊은 아들(?)이 수없이 떨어지는 직장 면접에 다시 나가는 풍경을 그린 「내일로 가는 별이 뜨고 있다」,「날개에 쏟아지는 햇살」과 같은 시들은 이 시대가 당면하고 있는 암울함을 그려내고 있다. 이와 같은 상황은 모두 알다시피 급격하게 다가온 디지털 문명의 탈 인간화, 다시 말해서 노동으로부터의 소외를 예견하지 못한 전 인류적 문제이기도 하지만 이 땅의 젊은이들은 시대의 조류에 따라가지 못한 위정자들의 잘못 때문에 자신이 지니고 있는 재능을 발휘할 기회를 박탈당하고 있음도 분명한 사실이다.

조금씩 느려지는
시간에 쫓긴 바쁜 걸음
면접실 질문과 마주 보고 있다
등허리로 흐르는 땀
조용히 속옷에 스며든다
사무실 천장을 돌아
창문 밖 공기를 찾던
다시 만나길 바란다며
따라오는 건조한 목소리
얇은 명함 속에 집어넣는다
파도에 밀려 다시 돌아온 섬
늘어선 등대마다
하나둘 불 밝히는 가로등
너의 눈동자 속에서 빛나는 잔별
내일로 가는 발길에 쏟아지고 있다

　　　　　　　　　－「내일로 가는 별이 뜨고 있다」 전문

　사회에 발을 내딛기도 전에 세상의 문 밖에 서 있는 젊은이들에게
'개천에서 용 난다'는 옛말은 더 이상 유효하지 않은 이른바 희망고
문일 뿐이다. 시인은 이 절망적인 상황에 대해 분노를 표출하지 않는
다. 세심하게 시집을 살펴보면 김정희 시편의 한 특징이 드러나는데,
그것은 어떤 상황에서도 도덕적 판단이나 신념을 배제한 채로, 객관
적 정황으로 시를 마무리하고 있다는 점이다.

　얼음판에서 미끄럼 타던 하고 싶은 일이
　세상을 향해 긴 호흡을 날린다
　펑펑 쏟아지는 눈발을 덮으며
　다가오는 햇살

움츠러진 날개에 쏟아지고 있다

- 「날개에 쏟아지는 햇살」 마지막 연

「가로등 꺼진 푸른 바다로 가는 너」, 「날개에 쏟아지는 햇살」와 같은 시에서도 또한 구직求職에 나서지만 번번이 낙방하는, 피붙이 아들일지도 모를 젊은이의 하루를 그리고 있다. 하고 싶은 일은 있으나 번번이 미끄럼을 타는 아쉬움을 그리면서 그래도 새날을 향해 걸어가는 모습을 무심히 그려내고 있을 뿐이다. 그렇다면 이 무심함은 어디에서 오는 것일까?

절망은 희망에서 태어난다!

우리는 어떤 사유에 의해 행동을 하게 될 때 타인에게 용납되지 않는 결과를 일으키기도 한다. 그때 행동의 당사자는 성격이 그렇다고 습관적인 변명 아닌 변명을 하거나 자신의 행동을 정당화하려 한다. 성격性格은 말 그대로 마음이 습관화된 틀에 갇혀 있음을 말한다. 오래전 공자 孔子는 인간은 평생 교육을 받아야 하는 존재라고 설파했다. 말하자면 고착된 신념(객관화 되지 않은)이나 판단의 오류에서 빚어지는 편견을 타파하기 위해서는 사유의 유연성을 배양해야 한다는 뜻일 것이다. 그러나 다른 한 편에서 생각해 볼 때, 태어날 때부터 구유하고 있는 품성이 있음을 부인할 수는 없다. 그 품성의 호불호를 떠나서 주어진 환경과 자신의 의지에 따라 성향性向은 얼마든지 변화할 수 있다. 겸손이 지나치면 비굴이 되고 자신만만함이 과하면 교만이 되듯이 인간다움이란 끝없이 자신을 무두질하는 일에 다름 아니며 시 쓰기 또한 그러한 무두질의 일종인 것이다.

김정희 시인의 무심함은 앞 서 말했듯이 현실에 굴복한 체념도 아니고 위장된 달관도 아니다. 한때 한 몸을 이루었던 가로수의 껍질이 떨어져 길가에 뒹구는 모습을 보며 '부석부석 남겨진 몸뚱이 / 담담히 걸어가 길 끝에 서 있다 / 저기 앞에 출렁이는 / 푸른 바다' (「껍데기3」)라고 인식하거나, 떨어져 내리기는 하나 −태어나기는 했으나− 속절없이 쌓이고 녹아버리는 눈처럼 수동적 난관에 봉착한 사람에게 '그래도 / 겨울비가 아니어서 / 여름눈이 아니어서 // 그만 아파' (「겨울비가 아니어서 여름눈이 아니어서」2, 연 3연)라고 위로하는 독백이 살가운 것은 비명도 없이 스러져 가는 앞길에 출렁이는 바다가 있음을 예감하는 서정의 힘이 없다면 다가갈 수 없는 경지이리라.

부서져 내린 나무껍질과 안착할 곳을 스스로 선택할 수 없는 눈을 통해서 자신의 삶을 투사하면서도 출렁이는 푸른 바다를 꿈꾸고 여름에 내리는 눈이 아니고 겨울에 쓸모없이 내리는 비가 아님을 다행으로 여기는 그 마음은 시인이 지금까지 살아오는 동안 잊지 않고, 잃지 않았던 거울의 힘이었으리라. 거울은 앞에 서 있는 그대로를 반영한다. 거울 앞에서 비춰진 허상을 가감 없이 바라볼 때 서정시는 감상感賞도 아니고 감상感傷도 아닌 무념의 경지로 상승하는 것이 아니던가.

어미 달팽이에게 한 잎 다른 잎으론 애벌레 품고
아물지 않은 상처 그대로 꽃을 피운 장다리꽃

달려든 벌떼 꿀 따간 뒤 꽃 지는 날 찾아오면
위로 없는 아픔 발끝까지

풋내 나는 여린 알맹이 가슴 시리게 하는 누런 깍지
차마 외면할 수 없어 다 내어주고 남은 빈 주머니

걸어온 그 길에 분명 어여쁜 꽃 있었지만
자식꽃 부모꽃에 가려져 잘 보이지 않던 수수한 꽃

가는 허리 헐렁한 그 꽃 빈집에 활짝 피어 있다

-「빈집에 활짝 핀 그 꽃」전문

장다리꽃은 배추나 무에 피는 꽃이다. 인간에게 있어서 장다리꽃은 쓸모가 없다. 식탁에 오르는 배추나 무의 튼실한 수확에는 별 도움이 되지 않는 것이다. 다른 측면에서 이 시에 등장하는 장다리꽃은 중의적 표현重義的 表現 이기도 하다. 이 세상에서 쓸모없는 것들, 그럼에도 생명에의 의지를 지닌 것들, 배추와 무로 연상되는 어머니의 양분을 소모시키는 자식들로 비유할 수도 있다. 자신을 버리면서도 다른 생명을 키우는 힘을 가리키는 것일 수도 있다. 아무도 살지 않는 빈집이 상징하는 절망이야말로 희망을 탄생시키는 원동력임을 시인은 그저 멀리서 바라보고 있을 뿐이다. 그러므로 산다는 것은 '새벽이슬에 눈을 틔어 / 가장 예쁘게 활짝 피운 꽃 / 기껍게 저녁을 맞이'(「산다는 것」) 하는 것이다. 이 깨달음의 원천은 김정희 시인에게 품수된 타고난 성품에서 출발하여 어쩌면 중년을 넘어가는 고갯길에서 바라보는 지난 세월에 대한 반추로부터 싹튼 것이라고 믿고 싶어진다.

추억을 소환하다

시집 『비켜선 너에게 안부를 묻다』에는 시인의 유년을 회상하는 시편들이 다수 보이고 있다.「삼패동 연가1」,「삼패동 연가2」,「한강」,「엄마 앞치마」,「중앙선」,「외상」,「바래길」등의 시편이 그러한 시들이다. 오늘날과 같이 '눈도 뜨기 전에 / 스마트폰이 날개를 펼치는'(「비켜선 너에게 안부를 묻다」)가상 假想과 환영이 범람하는 삶에서 아득하게 멀어져 갔으나 잊혀지지 않는 불변의 유년은 나이듦에 찾아온 소중한 선물이다. 고향을 상실한 유목민의 삶에서 김정희 시인은 행복하게도 유년의 그 장소에서 지금도 살고 있다. 유유히 흐르는 한강과 어디론가 달려가는 중앙선 기차와 느릿느릿 다가온 도시화의 물결이 오버랩되는 고향의 정취는 지금까지 살펴보았던 시인의 부드러운 심성을 다독이는 토양이 되었을 것이다. 아버지의 막걸리 수발을 위해 투덜거리며 걸어갔던 그 길(「외상」참조)은 또한 어머니가 힘들게 오르내렸던 바래길이었다.

우리 마을에도 바래길 있었더랬지

경동시장에 내다 팔 산나물 들깻잎
머리에 인 어머니
첫차 타러 비탈길 걸어가던 길이었지

자갈 튀는
버스 길에 다다르면 숨이 턱에 차올라
한동안 말을 할 수 없었지

돌아올 때는 내가 좋아하는
물오징어 서너 마리 간 고등어 한 손
흰색 운동화 든 보자기 가방 있었지

수없이 다니던 바래길에서
뼈마디 툭툭 튀어나온 다리에 기댄 어머니
오래도록 서 있었지

우리 마을에도 파도치는 삶 속으로
새벽 별 따러 가는 바래길 있었더랬지

- 「바래길」 전문

　　원래 바래길은 남녘 바닷가 어머니들이 물때에 맞춰 소쿠리를 들고
나가 해초류와 조개 등을 담아 오던 길을 말한다. 사시사철 끼니를
넘기기 위해 힘든 길을 오가던 어머니를 추억하는 「바래길」은 서울과
가까운 듯 멀었던 남양주 삼패동의 추억을 되살리기에 충분하다. 그
길은 이제 전철이 달리고, 좁고 울퉁불퉁한 흙길은 넓게 곱게 펴져서
반 시간이면 청량리에 닿는다. 시인은 평생을 고향에 머물면서 상전
벽해의 변화를 온몸으로 느끼며 살아가고 있지만 영영 사라져 버린
줄 알았던 맹꽁이가 찾아와 '이제는 / 콘크리트 창고 즐비한 곳 / 아
주 작은 웅덩이를/ 고향이라 찾아와 / 맹꽁맹꽁 맹꽁맹꽁'(「듣고 싶
은 노래」부분) 울어대는 상봉의 즐거움을 누릴 수 있는 행운을 주기도
한다. 나이 듦을 위로하고 힘을 북돋는 마르지 않는 샘물이 되는 생
명들이 함께 숨 쉬고 있다는 것이 얼마나 감사한 일이겠는가!

　　시집 『비켜선 너에게 안부를 묻다』에 드러난 주제를 요약한다면 김
정희 시인이 일관되게 추구하는 서정이 깃들여져 있다고 말할 수 있
다 . 여기에서 말하는 서정은 책머리에서 술회했듯이 스치듯 잠시 만
나도 오래 본 듯, 쉽게 잊히어지지 않고, 보고 싶어도 쉬이 만날 수
없는 시간을 향한 그리움에서 비롯되는 것이다. 그러므로 단절單節로
이루어진 시편들은 성급한 비유를 비껴서서 검이불루儉而不陋의 화
법을 구사하면서 과거와 화해하고 오늘과 소통하는 절실함을 놓치지
않고 있는 것이다.　시「싸리나무」는 그런 삶의 진정성을 체득한 시인
의 자화상으로서 자리매김하면서 동시에 시인 자신 속에 여전히 살아
숨 쉬는 생명에 대한 외경 畏敬을 고백하고 있는 명편으로 각인된다.

가로수 뒤에 서서 꽃을 피운 싸리나무
너무도 조용히 서 있다

한때는 정겨운 우리 집 대문이었고
겨울 눈꽃 피는 울타리였다

숨 막히는 복더위 뚫고
잎 사이 가는 줄기마다 꽃을 피운
여리고 여린 싸리나무

어린 손에 맞게 아버지가 만든
장난감 싸리 빗자루
온종일 쓸고 쓸어 이마가 벗겨진 마당
환하게 스쳐 간다

일주일도 채 남지 않은 8월과 호흡 맞추며
진분홍으로 물들어가는 그 모습
오늘에야 보고 있다

　　　　　　　　　－「싸리나무」전문